VINGT FABLES
DE
LA FONTAINE

ILLUSTRÉES
PAR
EUGÈNE LAMBERT

BIBLIOTHÈQUE
DE
MADEMOISELLE LILI
ET DE
SON COUSIN
LUCIEN

COLLECTION HETZEL

18, RUE JACOB. PARIS (VIe)

BIBLIOTHÈQUE DE Mlle LILI ET DE SON COUSIN LUCIEN

VINGT FABLES

DE

ILLUSTRÉES

PAR

EUGÈNE LAMBERT

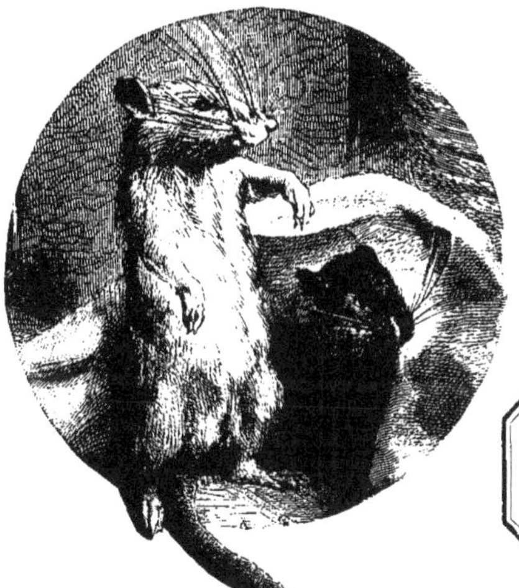

COLLECTION HETZEL

18, RUE JACOB PARIS (VIe Arr.)

J. DE LA FONTAINE

NÉ A CHATEAU-THIERRY
le 8 juillet 1621

—

MORT A PARIS
le 13 avril 1695

I

LA CIGALE ET LA FOURMI

II

LE CORBEAU ET LE RENARD

III

LA GRENOUILLE QUI SE VEUT FAIRE AUSSI GROSSE QUE LE BŒUF

IV

LE COQ ET LA PERLE

V

LE RAT DE VILLE
ET
LE RAT DES CHAMPS

VI

LE RENARD
ET
LE BOUC

VII

LES GRENOUILLES QUI DEMANDENT UN ROI

VIII

LE LOUP ET LA CIGOGNE

IX

LE RENARD
ET LES RAISINS

X

LE CHÊNE
ET LE ROSEAU

XI

LE RENARD AYANT LA QUEUE COUPÉE

XII

LE LOUP ET L'AGNEAU

XIII

LE LIÈVRE ET LES GRENOUILLES

XIV

LE PETIT POISSON ET LE PÊCHEUR

XV

LE LIÈVRE ET LA TORTUE

XVI

LE CHIEN QUI LACHE SA PROIE POUR L'OMBRE

XVII

LE LION ET LE RAT

XVIII

LA COLOMBE ET LA FOURMI

XIX

LA LAITIÈRE ET LE POT AU LAIT

XX

BERTRAND ET RATON

VINGT FABLES DE LA FONTAINE

FABLE I

LA CIGALE ET LA FOURMI

La cigale, ayant chanté
Tout l'été,
Se trouva fort dépourvue
Quand la bise fut venue :
Pas un seul petit morceau
De mouche ou de vermisseau.
Elle alla crier famine
Chez la fourmi sa voisine,
La priant de lui prêter
Quelque grain pour subsister
Jusqu'à la saison nouvelle.
« Je vous paierai, lui dit-elle,
Avant l'oût, foi d'animal,
Intérêt et principal. »
La fourmi n'est pas prêteuse :
C'est là son moindre défaut.
« Que faisiez-vous au temps chaud?
Dit-elle à cette emprunteuse.
— Nuit et jour à tout venant
Je chantois, ne vous déplaise.
— Vous chantiez! j'en suis fort aise.
Eh bien! dansez maintenant. »

FABLE II

LE CORBEAU ET LE RENARD

Maître corbeau sur un arbre perché,
Tenoit en son bec un fromage.
Maître renard par l'odeur alléché,
Lui tint à peu près ce langage :
« Hé ! bonjour, monsieur du corbeau !
Que vous êtes joli ! que vous me semblez beau !
Sans mentir, si votre ramage
Se rapporte à votre plumage,
Vous êtes le phénix des hôtes de ces bois. »
A ces mots le corbeau ne se sent pas de joie ;
Et, pour montrer sa belle voix,
Il ouvre un large bec, laisse tomber sa proie.
Le renard s'en saisit, et dit : « Mon bon monsieur,
Apprenez que tout flatteur
Vit aux dépens de celui qui l'écoute :
Cette leçon vaut bien un fromage, sans doute. »
Le corbeau, honteux et confus,
Jura, mais un peu tard, qu'on ne l'y prendroit plus.

FABLE III

LA GRENOUILLE QUI SE VEUT FAIRE AUSSI GROSSE QUE LE BŒUF

Une grenouille vit un bœuf
Qui lui sembla de belle taille.
Elle qui n'étoit pas grosse en tout comme un œuf,
Envieuse, s'étend, et s'enfle, et se travaille
Pour égaler l'animal en grosseur;
Disant : « Regardez bien, ma sœur;
Est-ce assez? dites-moi; n'y suis-je point encore?
— Nenni. — M'y voici donc? — Point du tout. — M'y voilà?
— Vous n'en approchez point. » La chétive pécore
S'enfla si bien qu'elle creva.

Le monde est plein de gens qui ne sont pas plus sages :
Tout bourgeois veut bâtir comme les grands seigneurs;
Tout petit prince a des ambassadeurs;
Tout marquis veut avoir des pages.

FABLE IV

LE COQ ET LA PERLE

Un jour un coq détourna
Une perle, qu'il donna
Au beau premier lapidaire.
« Je la crois fine, dit-il,
Mais le moindre grain de mil
Seroit bien mieux mon affaire. »

Un ignorant hérita
D'un manuscrit, qu'il porta
Chez son voisin le libraire.
« Je crois, dit-il, qu'il est bon;
Mais le moindre ducaton
Seroit bien mieux mon affaire. »

FABLE V

LE RAT DE VILLE ET LE RAT DES CHAMPS

Autrefois le rat de ville
Invita le rat des champs
D'une façon fort civile,
A des reliefs d'ortolans.

Sur un tapis de Turquie
Le couvert se trouva mis.
Je laisse à penser la vie
Que firent ces deux amis.

Le régal fut fort honnête;
Rien ne manquoit au festin :
Mais quelqu'un troubla la fête
Pendant qu'ils étoient en train.

A la porte de la salle
Ils entendirent du bruit :
Le rat de ville détale;
Son camarade le suit.

Le bruit cesse, on se retire :
Rats en campagne aussitôt;
Et le citadin de dire :
« Achevons tout notre rôt.

— C'est assez, dit le rustique :
Demain vous viendrez chez moi.
Ce n'est pas que je me pique
De tous vos festins de roi :

Mais rien ne vient m'interrompre;
Je mange tout à loisir.
Adieu donc. Fi du plaisir
Que la crainte peut corrompre! »

FABLE VI

LE RENARD ET LE BOUC

Capitaine renard alloit de compagnie
Avec son ami bouc des plus haut encornés :
Celui-ci ne voyoit pas plus loin que son nez ;
L'autre étoit passé maître en fait de tromperie.
La soif les obligea de descendre en un puits :
    Là, chacun d'eux se désaltère.
Après qu'abondamment tous deux en eurent pris,
Le renard dit au bouc : « Que ferons-nous, compère ?
Ce n'est pas tout de boire, il faut sortir d'ici.
Lève tes pieds en haut, et tes cornes aussi ;
Mets-les contre le mur : le long de ton échine
    Je grimperai premièrement ;
    Puis sur tes cornes m'élevant,
    A l'aide de cette machine,
    De ce lieu-ci je sortirai,
    Après quoi je t'en tirerai.
— Par ma barbe, dit l'autre, il est bon, et je loue
    Les gens bien sensés comme toi.
    Je n'aurois jamais, quant à moi,
    Trouvé ce secret, je l'avoue. »
Le renard sort du puits, laisse son compagnon,
    Et vous lui fait un beau sermon
    Pour l'exhorter à la patience.

C. Lambert
CH. ROD

« Si le ciel t'eût, dit-il, donné par excellence
Autant de jugement que de barbe au menton,
Tu n'aurois pas, à la légère,
Descendu dans ce puits. Or, adieu ; j'en suis hors :
Tâche de t'en tirer, et fais tous tes efforts,
Car, pour moi, j'ai certaine affaire
Qui ne me permet pas d'arrêter en chemin. »

En toute chose il faut considérer la fin.

FABLE VII

LES GRENOUILLES QUI DEMANDENT UN ROI

Les grenouilles se lassant
De l'état démocratique,
Par leurs clameurs firent tant
Que Jupin les soumit au pouvoir monarchique.
Il leur tomba du ciel un roi tout pacifique :
Ce roi fit toutefois un tel bruit en tombant
Que la gent marécageuse,
Gent fort sotte et fort peureuse,
S'alla cacher sous les eaux,
Dans les joncs, dans les roseaux
Dans les trous du marécage,

Sans oser de longtemps regarder au visage
Celui qu'elles croyoient être un géant nouveau,
Or c'étoit un soliveau,
De qui la gravité fit peur à la première
Qui, de le voir s'aventurant,
Osa bien quitter sa tanière.
Elle approcha, mais en tremblant.
Une autre la suivit, une autre en fit autant :
Il en vint une fourmilière ;
Et leur troupe à la fin se rendit familière
Jusqu'à sauter sur l'épaule du roi.
Le bon sire le souffre et se tient toujours coi.
Jupin en a bientôt la cervelle rompue :
« Donnez-nous, dit ce peuple, un roi qui se remue ! »
Le monarque des dieux leur envoie une grue
Qui les croque, qui les tue,
Qui les gobe à son plaisir ;
Et grenouilles de se plaindre,
Et Jupin de leur dire : « Eh quoi ! votre désir
A ses lois croit-il nous astreindre ?
Vous avez dû premièrement
Garder votre gouvernement ;
Mais ne l'ayant pas fait, il vous devoit suffire
Que votre premier roi fût débonnaire et doux :
De celui-ci contentez-vous,
De peur d'en rencontrer un pire. »

FABLE VIII

LE LOUP ET LA CIGOGNE

Les loups mangent gloutonnement.
Un loup donc étant de frairie
Se pressa, dit-on, tellement
Qu'il en pensa perdre la vie :
Un os lui demeura bien avant au gosier.
De bonheur pour ce loup, qui ne pouvoit crier,
Près de là passe une cigogne.
Il lui fait signe ; elle accourt.
Voilà l'opératrice aussitôt en besogne.
Elle retira l'os ; puis, pour un si bon tour,
Elle demanda son salaire.
« Votre salaire ! dit le loup :
Vous riez, ma bonne commère !
Quoi ! ce n'est pas encor beaucoup
D'avoir de mon gosier retiré votre cou !
Allez, vous êtes une ingrate :
Ne tombez jamais sous ma patte. »

FABLE IX

LE RENARD ET LES RAISINS

Certain renard gascon, d'autres disent normand,
Mourant presque de faim, vit au haut d'une treille
Des raisins, mûrs apparemment,
Et couverts d'une peau vermeille.
Le galant en eût fait volontiers un repas ;
Mais comme il n'y pouvoit atteindre :
« Ils sont trop verts, dit-il, et bons pour des goujats. »

Fit-il pas mieux que de se plaindre?

FABLE X

LE CHÊNE ET LE ROSEAU

Le chêne un jour dit au roseau :
« Vous avez bien sujet d'accuser la nature ;
Un roitelet pour vous est un pesant fardeau :

Le moindre vent qui d'aventure
Fait rider la face de l'eau,
Vous oblige à baisser la tête;
Cependant que mon front, au Caucase pareil,
Non content d'arrêter les rayons du soleil,
Brave l'effort de la tempête.
Tout vous est aquilon, tout me semble zéphyr.
Encor si vous naissiez à l'abri du feuillage
Dont je couvre le voisinage,
Vous n'auriez pas tant à souffrir;
Je vous défendrois de l'orage :
Mais vous naissez le plus souvent
Sur les humides bords des royaumes du vent.
La nature envers vous me semble bien injuste.
— Votre compassion, lui répondit l'arbuste,
Part d'un bon naturel; mais quittez ce souci :
Les vents me sont moins qu'à vous redoutables;
Je plie, et ne romps pas. Vous avez jusqu'ici
Contre leurs coups épouvantables
Résisté sans courber le dos;
Mais attendons la fin. » Comme il disoit ces mots,
Du bout de l'horizon accourt avec furie
Le plus terrible des enfans
Que le nord eût portés jusque-là dans ses flancs.
L'arbre tient bon; le roseau plie.
Le vent redouble ses efforts,
Et fait si bien qu'il déracine
Celui de qui la tête au ciel étoit voisine,
Et dont les pieds touchoient à l'empire des morts.

CH. R.

FABLE XI

LE RENARD AYANT LA QUEUE COUPÉE

Un vieux renard, mais des plus fins,
Grand croqueur de poulets, grand preneur de lapins,
Sentant son renard d'une lieue,
Fut enfin au piége attrapé.
Par grand hasard en étant échappé,
Non pas franc, car pour gage il y laissa sa queue;
S'étant, dis-je, sauvé sans queue, et tout honteux,
Pour avoir des pareils (comme il étoit habile),
Un jour que les renards tenoient conseil entre eux :
« Que faisons-nous, dit-il, de ce poids inutile,
Et qui va balayant tous les sentiers fangeux?
Que nous sert cette queue? il faut qu'on se la coupe :
Si l'on me croit, chacun s'y résoudra.
— Votre avis est fort bon, dit quelqu'un de la troupe :
Mais tournez-vous, de grâce; et l'on vous répondra. »
A ces mots il se fit une telle huée
Que le pauvre écourté ne put être entendu.
Prétendre ôter la queue eût été temps perdu :
La mode en fut continuée.

FABLE XII

LE LOUP ET L'AGNEAU

La raison du plus fort est toujours la meilleure :
Nous l'allons montrer tout à l'heure.

Un agneau se désaltéroit
Dans le courant d'une onde pure.
Un loup survient à jeun, qui cherchoit aventure,
Et que la faim en ces lieux attiroit.
« Qui te rend si hardi de troubler mon breuvage?
Dit cet animal plein de rage :
Tu seras châtié de ta témérité.
— Sire, répond l'agneau, que votre majesté
Ne se mette pas en colère;
Mais plutôt qu'elle considère
Que je me vas désaltérant
Dans le courant,
Plus de vingt pas au-dessous d'elle;
Et que par conséquent, en aucune façon,
Je ne puis troubler sa boisson.
— Tu la troubles! reprit cette bête cruelle;
Et je sais que de moi tu médis l'an passé.
— Comment l'aurois-je fait si je n'étois pas né?
Reprit l'agneau; je tette encor ma mère.

— Si ce n'est toi, c'est donc ton frère.
— Je n'en ai point. — C'est donc quelqu'un des tiens;
Car vous ne m'épargnez guère,
Vous, vos bergers, et vos chiens.
On me l'a dit : il faut que je me venge. »
Là-dessus, au fond des forêts
Le loup l'emporte, et puis le mange,
Sans autre forme de procès.

FABLE XIII

LE LIÈVRE ET LES GRENOUILLES

Un lièvre en son gîte songeoit,
(Car que faire en un gîte, à moins que l'on ne songe?
Dans un profond ennui ce lièvre se plongeoit :
Cet animal est triste, et la crainte le ronge.
« Les gens de naturel peureux
Sont, disoit-il, bien malheureux!
Ils ne sauroient manger morceau qui leur profite :
Jamais un plaisir pur; toujours assauts divers.
Voilà comme je vis : cette crainte maudite
M'empêche de dormir sinon les yeux ouverts.
Corrigez-vous, dira quelque sage cervelle.
Eh! la peur se corrige-t-elle?

CH·ROD
E.Lambert

Je crois même qu'en bonne foi
Les hommes ont peur comme moi. »
Ainsi raisonnoit notre lièvre,
Et cependant faisoit le guet.
Il étoit douteux, inquiet;
Un souffle, une ombre, un rien, tout lui donnoit la fièvre.
Le mélancolique animal,
En rêvant à cette matière,
Entend un léger bruit : ce lui fut un signal
Pour s'enfuir devers sa tanière.
Il s'en alla passer sur le bord d'un étang
Grenouilles aussitôt de sauter dans les ondes;
Grenouilles de rentrer en leurs grottes profondes.
« Oh! dit-il, j'en fais faire autant
Qu'on m'en fait faire! Ma présence
Effraye aussi les gens! je mets l'alarme au camp!
Et d'où me vient cette vaillance?
Comment! des animaux qui tremblent devant moi!
Je suis donc un foudre de guerre!
Il n'est, je le vois bien, si poltron sur la terre,
Qui ne puisse trouver un plus poltron que soi. »

FABLE XIV

LE PETIT POISSON ET LE PÊCHEUR

Petit poisson deviendra grand,
Pourvu que Dieu lui prête vie;

Mais le lâcher en attendant,
Je tiens pour moi que c'est folie :
Car de le rattraper il n'est pas trop certain.

Un carpeau, qui n'étoit encore que fretin,
Fut pris par un pêcheur au bord d'une rivière.
« Tout fait nombre, dit l'homme, en voyant son butin :
Voilà commencement de chère et de festin :
Mettons-le en notre gibecière. »
Le pauvre carpillon lui dit en sa manière :
« Que ferez-vous de moi? je ne saurois fournir
Au plus qu'une demi-bouchée.
Laissez-moi carpe devenir :
Je serai par vous repêchée;
Quelque gros partisan m'achètera bien cher :
Au lieu qu'il vous en faut chercher
Peut-être encor cent de ma taille
Pour faire un plat : quel plat! croyez-moi, rien qui vaille.
— Rien qui vaille! eh bien! soit, repartit le pêcheur :
Poisson, mon bel ami, qui faites le prêcheur,
Vous irez dans la poêle; et, vous avez beau dire,
Dès ce soir on vous fera frire. »

Un Tiens vaut, ce dit-on, mieux que deux Tu l'auras :
L'un est sûr; l'autre ne l'est pas.

FABLE XV

LE LIÈVRE ET LA TORTUE

Rien ne sert de courir; il faut partir à point :
Le lièvre et la tortue en sont un témoignage.

« Gageons, dit celle-ci, que vous n'atteindrez point
Sitôt que moi ce but. — Sitôt! êtes-vous sage?
Repartit l'animal léger :
Ma commère, il vous faut purger
Avec quatre grains d'ellébore.
— Sage ou non, je parie encore. »
Ainsi fut fait; et de tous deux
On mit près du but les enjeux.
Savoir quoi, ce n'est pas l'affaire,
Ni de quel juge l'on convint.
Notre lièvre n'avoit que quatre pas à faire;
J'entends de ceux qu'il fait lorsque, près d être atteint,
Il s'éloigne des chiens, les renvoie aux calendes,
Et leur fait arpenter les landes.
Ayant, dis-je, du temps de reste pour brouter,
Pour dormir, et pour écouter
D'où vient le vent, il laisse la tortue
Aller son train de sénateur.
Elle part, elle s'évertue;
Elle se hâte avec lenteur.

Lui cependant méprise une telle victoire,
Tient la gageure à peu de gloire,
Croit qu'il y va de son honneur
De partir tard. Il broute, il se repose;
Il s'amuse à toute autre chose
Qu'à la gageure. A la fin, quand il vit
Que l'autre touchoit presque au bout de la carrière,
Il partit comme un trait; mais les élans qu'il fit
Furent vains : la tortue arriva la première.
« Eh bien! lui cria-t-elle, avois-je pas raison?
De quoi vous sert votre vitesse?
Moi l'emporter! et que seroit-ce
Si vous portiez une maison? »

FABLE XVI

LE CHIEN QUI LACHE SA PROIE POUR L'OMBRE

Chacun se trompe ici-bas :
On voit courir après l'ombre
Tant de fous qu'on n'en sait pas,
La plupart du temps, le nombre.
Au chien dont parle Ésope il faut les renvoyer.

Ce chien voyant sa proie en l'eau représentée
La quitta pour l'image, et pensa se noyer :
La rivière devint tout d'un coup agitée ;
A toute peine il regagna les bords,
Et n'eut ni l'ombre ni le corps.

FABLE XVII

LE LION ET LE RAT

Il faut, autant qu'on peut, obliger tout le monde :
On a souvent besoin d'un plus petit que soi.
De cette vérité deux fables feront foi ;
Tant la chose en preuves abonde.

Entre les pattes d'un lion
Un rat sortit de terre assez à l'étourdie.
Le roi des animaux, en cette occasion,
Montra ce qu'il étoit, et lui donna la vie.
Ce bienfait ne fut pas perdu.
Quelqu'un auroit-il jamais cru
Qu'un lion d'un rat eût affaire?
Cependant il avint qu'au sortir des forêts
Ce lion fut pris dans des rets,
Dont ses rugissemens ne le purent défaire.
Sire rat accourut, et fit tant par ses dents
Qu'une maille rongée emporta tout l'ouvrage.

Patience et longueur de temps
Font plus que force ni que rage.

L. Eug. Lambert
CHARL. ROD.

FABLE XVIII

LA COLOMBE ET LA FOURMI

L'autre exemple est tiré d'animaux plus petits.

Le long d'un clair ruisseau buvoit une colombe,
Quand sur l'eau se penchant une fourmis y tombe;
Et dans cet océan on eût vu la fourmis
S'efforcer, mais en vain, de regagner la rive.
La colombe aussitôt usa de charité :
Un brin d'herbe dans l'eau par elle étant jeté,
Ce fut un promontoire où la fourmis arrive.
Elle se sauve. Et là-dessus
Passe un certain croquant qui marchoit les pieds nus ;
Ce croquant, par hasard, avoit une arbalète.
Dès qu'il voit l'oiseau de Vénus,
Il le croit en son pot, et déjà lui fait fête.
Tandis qu'à le tuer mon villageois s'apprête,
La fourmi le pique au talon.
Le vilain retourne la tête :
La colombe l'entend, part, et tire de long.
Le souper du croquant avec elle s'envole :
Point de pigeon pour une obole.

FABLE XIX

LA LAITIÈRE ET LE POT AU LAIT

Perrette, sur sa tête ayant un pot au lait
Bien posé sur un coussinet,
Prétendoit arriver sans encombre à la ville.
Légère et court vêtue, elle alloit à grands pas,
Ayant mis ce jour-là, pour être plus agile,
Cotillon simple et souliers plats.
Notre laitière ainsi troussée
Comptoit déjà dans sa pensée
Tout le prix de son lait; en employoit l'argent;
Achetoit un cent d'œufs; faisoit triple couvée :
La chose alloit à bien par son soin diligent.
« Il m'est, disoit-elle, facile
D'élever des poulets autour de ma maison;
Le renard sera bien habile
S'il ne m'en laisse assez pour avoir un cochon.
Le porc à s'engraisser coûtera peu de son;
Il étoit, quand je l'eus, de grosseur raisonnable :
J'aurai, le revendant, de l'argent bel et bon.
Et qui m'empêchera de mettre en notre étable,
Vu le prix dont il est, une vache et son veau,
Que je verrai sauter au milieu du troupeau? »
Perrette là-dessus saute aussi, transportée :

JOURDAIN.

Le lait tombe; adieu veau, vache, cochon, couvée.
La dame de ces biens, quittant d'un œil marri
Sa fortune ainsi répandue,
Va s'excuser à son mari,
En grand danger d'être battue.
Le récit en farce en fut fait;
On l'appela le Pot au lait.

Quel esprit ne bat la campagne?
Qui ne fait châteaux en Espagne?
Picrochole, Pyrrhus, la laitière, enfin tous,
Autant les sages que les fous.
Chacun songe en veillant; il n'est rien de plus doux.
Une flatteuse erreur emporte alors nos âmes;
Tout le bien du monde est à nous,
Tous les honneurs, toutes les femmes.
Quand je suis seul, je fais au plus brave un défi;
Je m'écarte, je vais détrôner le sophi;
On m'élit roi, mon peuple m'aime;
Les diadèmes vont sur ma tête pleuvant:
Quelque accident fait-il que je rentre en moi-même?
Je suis gros Jean comme devant.

FABLE XX

LE SINGE ET LE CHAT

Bertrand avec Raton, l'un singe et l'autre chat,
Commensaux d'un logis, avoient un commun maître.

D'animaux malfaisans c'étoit un très-bon plat :
Ils n'y craignoient tous deux aucun, quel qu'il pût être.
Trouvoit-on quelque chose au logis de gâté,
L'on ne s'en prenoit point aux gens du voisinage :
Bertrand déroboit tout ; Raton, de son côté,
Étoit moins attentif aux souris qu'au fromage.
Un jour, au coin du feu, nos deux maîtres fripons
Regardoient rôtir des marrons.
Les escroquer étoit une très-bonne affaire :
Nos galans y voyoient double profit à faire ;
Leur bien premièrement, et puis le mal d'autrui.
Bertrand dit à Raton : « Frère, il faut aujourd'hui
Que tu fasses un coup de maître ;
Tire-moi ces marrons. Si Dieu m'avoit fait naître
Propre à tirer marrons du feu,
Certes, marrons verroient beau jeu. »
Aussitôt fait que dit : Raton, avec sa patte,
D'une manière délicate,
Écarte un peu la cendre, et retire les doigts ;
Puis les reporte à plusieurs fois,
Tire un marron, puis deux, et puis trois en escroque ;
Et cependant Bertrand les croque.
Une servante vient : adieu mes gens. Raton
N'étoit pas content, ce dit-on.

Aussi ne le sont pas la plupart de ces princes
Qui, flattés d'un pareil emploi,
Vont s'échauder en des provinces
Pour le profit de quelque roi.

6565. — Imprimerie Lahure, 9, rue de Fleurus, à Paris.

BIBLIOTHÈQUE ILLUSTREE
DE
MADEMOISELLE LILI ET DE SON COUSIN LUCIEN
ALBUMS STAHL

PREMIER ET SECOND AGES. — JEUNES FILLES. — JEUNES GARÇONS.

Albums en couleurs, dessins de FRŒLICH, FROMENT, MÉRY, GEOFFROY, TINANT, BECKER, etc.

PRIX : *Cartonnés*, 1 fr.

* CHEZ LES FOURMIS.
ALEXANDRE LE GRAND.
DRAME EN TROIS ACTES.
UN PREMIER JOUR DE VACANCES.
UN COLIN-MAILLARD ACCIDENTÉ.
UN DÉJEUNER SUR L'HERBE.
AUTOUR D'UN CERISIER.
LES DEUX FRÈRES DE Mlle LILI.
LE BERGER RAMONEUR.
ROBINSON CRUSOÉ.
LE PLAT MYSTÉRIEUX.
LES CHAGRINS DE DICK.
L'HOMME A LA FLUTE.

DU MATIN AU SOIR.
DU HAUT EN BAS.
LES 3 MONTURES DE JOHN CABRIOLE
DON QUICHOTTE.
LA REVANCHE DE CASSANDRE.
UNE DROLE D'ÉCOLE.
LES PÊCHEURS ENNEMIS.
GULLIVER.
LA PÊCHE AU TIGRE.
LE POMMIER DE ROBERT.
ALPHABET MUSICAL DE Mlle LILI.
L'ANE GRIS.

CHANSONS & RONDES DE L'ENFANCE.
SUR LE PONT D'AVIGNON.
LA MÈRE MICHEL.
LA MARMOTTE EN VIE.
NOUS N'IRONS PLUS AU BOIS.
M. DE LA PALISSE.
LE ROI DAGOBERT.—MALBROUGH.
GIROFLÉ, GIROFLA.
LA TOUR, PRENDS GARDE.
LA BOULANGÈRE A DES ÉCUS.
IL ÉTAIT UNE BERGÈRE.
CADET ROUSSEL.
AU CLAIR DE LA LUNE.
COMPÈRE GUILLERI.

Albums en noir de 24 à 50 dessins. — PRIX : *Cartonnés*, 2 fr.; *Toile dorée*, 4 fr.

DESSINS DE FRŒLICH.

* Mlle Frisson et le bouillant Achille.
Mlle Lili maîtresse de maison.
Mlle Lili au Jardin des Plantes.
Les sept ans de Mlle Lili.
Les trois chiens de Mlle Lili.
Papa en voyage.

Maman en voyage.
La Vocation de Jujules.
La Mère Bontemps.
Une grande Journée de Mlle Lili.
Mlle Lili aux Champs-Elysées.
Mademoiselle Lili à Paris.

Première chasse de Jujules.
Les petits Bergers.
La journée de Mlle Lili (Nlle édit.).
Alphabet de Mademoiselle Lili.
Arithmétique de Mademoiselle Lili.
L'A perdu de Mademoiselle Babet.

DESSINS DE FROMENT.

Les Exploits de Fanchette et de Marcel.
Michel et Suzon.

Scènes familières.
Nouvelles Scènes familières.

Petites Tragédies.
Nouvelles petites Tragédies.

FATH. — Pierrot à l'École et chez son ami Paillasse.
GEOFFROY. — Proverbes en action.
A. HUMBERT. — Le roi des Pingouins.
E. LAMBERT — * 20 Fables de La Fontaine.

E. LAMBERT. — Chiens et Chats.
LALAUZE. — Suzanne et Suzette.
— Le Rosier du petit Frère.

Album gr. in-8° de 32 à 50 dessins. — PRIX : *Cartonné*, 3 fr.; *Toile dorée*, 5 fr.

TH. SCHULER. — Premier Livre des petits Enfants.

PETITE BIBLIOTHÈQUE BLANCHE

Volumes gr. in-16 illustrés. — PRIX : *Brochés*, 1 fr. 60; *Cartonnés toile genre aquarelle*, 2 fr. 25.

ALDRICH. — Un écolier américain.
ANCEAUX. — * Blanchette et Capitaine.
AUSTIN. — Boulotte.
DE BEAULIEU. — Mémoires d'un passereau.
BENTZON. — Yette. — Contes de tous les pays.
BERTIN (M.). — Les Douze. — Les deux côtes du Mur.
— Voyage au pays des défauts.
BIGNON. — Un singulier petit Homme.
BREHAT (DE). — Aventures de Charlot et de ses sœurs.
CHATEAU-VERDUN (DE). — M. Roro.
CHERVILLE (DE). — Histoire d'un trop bon Chien.
CRETIN-LEMAIRE. — Le livre de Trotty.
DIÉNY (F.). — La Patrie avant tout.
DUMAS (A.). — La Bouillie de la comtesse Berthe.
DUPIN DE SAINT-ANDRÉ (F.). — Petit Jean.
FEUILLET (Octave). — La Vie de Polichinelle.
GENIN (M.). — Un petit Héros. — Les Grottes de Plémont.
LA BEDOLLIÈRE (DE). — La Mère Michel et son Chat.
LEMONNIER. — Histoires de huit Bêtes et d'une Poupée.
— Les Joujoux parlants. — Bébés et joujoux.
LERMONT. — * Les bonnes Idées de Mlle Rose.
LERMONT — Mes Frères et moi.
LE ROY (O). — La Bande Arlequin.
— La Pupille de Polichinelle.
MARSHALLS. — Le petit Jack.
MAYNE-REID. — Exploits des jeunes Boërs.
— Les Chasseurs de Girafes.
— La Sœur perdue.
A. MOUANS. — La Maison blanche.
— Frisonne l'engourdie.
MULLER. — Récits enfantins.
MUSSET (P. DE). — M. le Vent et Mme la Pluie.
NODIER (Ch.) — Trésor des Fèves et Fleur des Pois.
OURLIAC (E.). — Le prince Coqueluche.
PERRAULT (P.). — Les Lunettes de Grand'Maman.
— Les Exploits de Mario.
SAND (George). — Gribouille.
STAHL (P.-J.). — Le Chemin glissant.
— Les Aventures de Tom Pouce.
— Le Sultan de Tanguik.
STAHL ET WAILLY. — Contes de la tante Judith.
VERNE (J.). — Un hivernage dans les Glaces.

MAGASIN ILLUSTRÉ D'ÉDUCATION ET DE RÉCRÉATION

COURONNÉ PAR L'ACADÉMIE FRANÇAISE

Fondé par P.-J. STAHL en 1864

DIRECTEURS : JULES VERNE, J. HETZEL

Abonnement d'un an : Paris, 14 fr.; Départements, 16 fr.; Union postale, 17 fr.

46363. — Imprimerie LAHURE, rue de Fleurus, 9, à Paris. — 10-1901.

www.ingramcontent.com/pod-product-compliance
Ingram Content Group UK Ltd.
Pitfield, Milton Keynes, MK11 3LW, UK
UKHW021950260726
13994UKWH00004B/1659